NÉSTOR ROLDÁN

Los grillos tullidos

XXXIII Premio SGAE de Teatro Jardiel Poncela

NÉSTOR ROLDÁN
Los grillos tullidos
Primera edición, 2025

© De *Los grillos tullidos*: Néstor Roldán Abarrategui
© Del prólogo: Ernesto Caballero
© Para esta edición: Fundación SGAE, 2025

Coordinación editorial: Pilar López
Diseño gráfico y de cubierta: José Luis de Hijes
Maquetación y procesos digitales de edición: spandaeditorial.com
Corrección: Susana Pulido
Logotipo de la colección: Francisco Nieva
Imprime: Estugraf Impresores, SL

Edita: Fundación SGAE
Bárbara de Braganza, 7, 28004 Madrid / publicaciones@fundacionsgae.org
www.fundacionsgae.org

ISBN: 978-84-8048-965-2
ISBN electrónico: 978-84-8048-966-9
DL: M-19509-2025

Índice

El silencio de los grillos

Hay obras que nos atrapan por su argumento, por la peripecia de sus personajes o por los giros inesperados que las sacuden. Y hay otras que nos inquietan desde una textura más profunda: su estructura, su mirada, su peculiar manera de respirar. *Los grillos tullidos* pertenece, sin duda, a esta rara familia. No se limita a contar: interroga, acecha, nos convierte en cómplices de una mirada que, al tiempo que nos deslumbra, nos deja expuestos.

Y es que uno siente, desde las primeras líneas, que no está ante un mero drama de desapariciones o traiciones domésticas, sino ante una maquinaria poética cuidadosamente ensamblada para pensar el tiempo, la identidad y la percepción como ficciones construidas.

El texto de Néstor Roldán avanza como una melodía a tres voces: narración, diálogo y silencio. Con una composición rítmica que remite a autores como Sarah Kane o Jon Fosse, y con una poética que entronca con el Pinter más metafísico o el Beckett más doméstico, la obra se sostiene no tanto en lo que ocurre como en la manera en que eso ocurre. El espacio se disuelve en la palabra, el tiempo se pliega sobre sí mismo, y los personajes, como grillos tullidos, se afanan por emitir un canto que ya nadie escucha, acaso porque ya no queda quien lo pueda reconocer.

El resultado es un artefacto poético que piensa con imágenes, que filosofa desde lo sensorial. No se trata, pues, únicamente de narrar una desaparición, sino de llevar a cabo una disección de la vida compartida, un experimento afectivo y filosófico que adopta la forma de fábula entomológica: un cuento inquietante en el que los grillos mudos y lisiados terminan por reinar en el silencio. Roldán no construye un argumento, sino una poética. Una fábula que ausculta lo cotidiano con la precisión de un entomólogo melancólico. Un gesto de rara belleza y ferocidad, tan absurdo como profético, sostenido por una dramaturgia rigurosamente elaborada que convierte ese absurdo en una forma legítima de verdad.

Como dramaturgo y director, he aprendido a desconfiar de las obras que se explican con facilidad: el teatro, cuando se eleva, no es solo argumento o conflicto; es también ritmo, temperatura, atmósfera, tejido de signos. En ese sentido, lo que Néstor consigue aquí es una verdadera filigrana dramatúrgica: un trabajo de orfebrería donde la palabra es sonido, donde la escena es mirada y donde el tiempo se convierte en materia escénica.

No puedo dejar de imaginar la puesta en escena como una coreografía de tensiones sutiles: una ventana iluminada como único faro, una jaula de grillos como caja de resonancia del alma, y ese personaje –Friseal– que, al desaparecer, comienza a ocuparlo todo. Y mientras tanto, Dan y Ashley orbitan alrededor de su ausencia como si en ese duelo suspendido se jugara algo más que el recuerdo: la posibilidad misma de seguir habitando el tiempo.

La obra nos obliga a preguntarnos: ¿cómo se observa una vida desde fuera? ¿Cómo se narra lo inenarrable? ¿Cómo se habita una casa después del misterio? En ese territorio incierto, donde la metáfora entomológica y el gesto cotidiano se abrazan, se nos revela una poética tan radical como profundamente humana. Y entonces, como en *La ventana indiscreta* de Hitchcock, asistimos a una inversión del dispositivo escénico: el espectador se convierte en observado. La intimidad, en espectáculo; el detalle insignificante, en clave reveladora, y el ojo, que todo lo ve, comienza a ser también interrogado. ¿Qué implica mirar sin ser visto? ¿Qué ética se pone en juego cuando la vida ajena se convierte en objeto de estudio, en posible relato? Roldán plantea estas preguntas sin necesidad de enunciarlas, dejando que la propia arquitectura de la obra las despliegue, las insinúe y las haga vibrar.

Los grillos tullidos no deja indemne. Nos contempla mientras avanzamos por sus páginas, como si supiera que también nosotros albergamos nuestras propias jaulas, nuestras zonas de sombra. Nos convierte en insectos bajo la lupa, sujetos de una observación invisible. Y en ese juego de reflejos –a veces claros, a veces desfigurados– la obra nos lanza una pregunta incómoda: ¿cómo sería nuestra vida si alguien la estuviera mirando desde fuera? No hay respuestas cerradas. Lo que *Los grillos tullidos* ofrece es una invitación a mirar desde otro lugar, a reconocernos en lo ajeno. El lector/espectador se convierte entonces en testigo de lo íntimo, en grillo, en sombra, en silencio. Y acaso intuye que también su vida forma parte de una fábula extraña donde, al final, el silencio termina por reinar.

Ernesto CABALLERO
Dramaturgo y director

Los grillos tullidos

Personajes

DAN SINCLAIR
SEÑORA FRISEAL (ASHLEY WHITE)
SEÑOR FRISEAL (ROBERT FRISEAL)
NARRADOR

PREÁMBULO: GRILLOS

Salón de los Friseal. Estancia en penumbra

En el sofá, la Señora Friseal sentada sobre Dan Sinclair. Hacen el amor.

Tras unos instantes, el teléfono suena.

DAN SINCLAIR.— No lo cojas.

Sigue sonando.

Olvídalo...

Sigue sonando.

SEÑORA FRISEAL.— Dame un momento.

DAN SINCLAIR.— ¡Ash!

Ahsley coge el teléfono.

SEÑORA FRISEAL.— Diga. *(...)* Diga. *(...)* ¿Quién es?

El interlocutor ha colgado. La Señora Friseal parece desconcertada.

DAN SINCLAIR.— ¿Estás bien? ¿Quién era?

SEÑORA FRISEAL.— Había como un ruido al otro lado.

DAN SINCLAIR.— ¿A qué te refieres?

Señora Friseal.— Un sonido como de...

Dan Sinclair.— ¿Qué?

Señora Friseal.— No importa. Déjalo. Deben de haberse equivocado.

Dan se acerca a ella. La Señora Friseal lo para.

Espera...

Dan Sinclair.— ¿Qué pasa?

Señora Friseal.— Nada. Pero, si no te importa, preferiría...

Dan Sinclair.— ¿Hablas en serio?

Señora Friseal.— Por favor.

Dan Sinclair.— ¿Qué ha pasado, Ash? ¿Qué has oído?

Señora Friseal.— Nada... De veras, no era nada...

Dan Sinclair.— Ash...

Señora Friseal.— Es simplemente que... necesito estar sola.

Dan Sinclair.— Como quieras.

Se abrocha el pantalón, la camisa y comienza a recoger sus cosas.

Señora Friseal.— Lo siento.

Dan Sinclair.— No pasa nada. No te preocupes.

Se dispone a salir.

SEÑORA FRISEAL.— *(Antes de que la puerta se cierre)* **Grillos.** *(Dan la mira)* **He oído grillos.**

DAN SINCLAIR.— Grillos...

SEÑORA FRISEAL.— Sí... Grillos.

Acto primero

1. EL GUSANO DEL PENSAMIENTO

Salón de los Friseal

La Señora Friseal, en la ventana. Un plato con tostadas en su mano. Dan Sinclair, sentado a la mesa, cena en silencio.

SEÑOR FRISEAL.— *(Narra)* 25 de marzo de no importa qué año. Casa de los Friseal. Calle residencial de no importa qué ciudad, en poco importa qué país, flanqueada por hileras de casas de dos alturas. La luz de un rojizo atardecer llena la estancia, filtrándose a través de un enorme ventanal. Ciento veintiséis días tras la desaparición de Friseal. Mi desaparición. Dan Sinclair y la señora Friseal, mi esposa, cenan en silencio. *(Pausa)* A estas alturas mi caso se ha dado ya por cerrado. Ya nadie busca a Friseal. Nadie busca ya mi cuerpo. Excepto Dan. Él no ha dejado de hacerlo. Y aunque su ánimo es el propio de un rastreador deambulando sin dirección, Dan se ha prometido el imposible de no renunciar.

DAN SINCLAIR.— Mañana haré otra vez la ruta de los museos. Quiero volver a hablar con los conserjes. Tal vez se nos haya pasado algo. No perdemos nada por intentarlo.

SEÑOR FRISEAL.— *(Narra)* Mi mujer asiente, pero en realidad no lo escucha. Su pensamiento se pierde lejos de allí, reconstruyendo una vez más la secuencia de aquel 19 de noviembre. El día de mi viaje. La última vez que ella me vio. La última vez que alguien me vio.

Salón de los Friseal

El Señor Friseal termina de hacer la maleta y se prepara para salir.

SEÑORA FRISEAL.— ¿Lo llevas todo?

NARRADOR.— Friseal asiente.

El Señor Friseal asiente.

SEÑORA FRISEAL.— ¿Seguro?

SEÑOR FRISEAL.— Creo.

NARRADOR.— Se hace una pausa.

Pausa.

SEÑORA FRISEAL.— *(Por la jaula de grillos)* ¿Te llevas eso también?

NARRADOR.— Friseal asiente.

El Señor Friseal asiente.

A la señora Friseal le extraña –y mucho– que se lleve la jaula. Nunca, a ningún viaje, se lleva la jaula. ¿Por qué a este? Por eso pregunta...

SEÑORA FRISEAL.— ¿Cuánto tiempo dices que vas a estar fuera?

SEÑOR FRISEAL.— No te alarmes si tardo tres o cuatro días en volver.

NARRADOR.— Friseal se pone el abrigo...

El Señor Friseal se pone el abrigo.

... y añade...

Señor Friseal.— En cualquier caso, cuenta conmigo para la cena el viernes por la noche.

Narrador.— Se dan un beso de despedida.

Se besan.

Un rutinario beso de despedida. Pero justo antes de salir, Friseal se detiene, se gira y dirige una última mirada a la señora Friseal. Ella no da mayor importancia a esa mirada. En ese momento no lo hace. Con el tiempo volverá a pensar en ella. Muchas veces. Y cada vez que lo haga le parecerá más extraña que la vez anterior.

El Señor Friseal sale. La puerta se cierra. La Señora Friseal se dirige a la ventana.

Salón de los Friseal

La Señora Friseal, frente a la ventana. Sola.

Narrador.— 25 de noviembre. Día de la desaparición de Friseal. El viernes llega, cae la noche, el reloj marca las nueve, hora a la que los Friseal cenan todos los viernes de manera rigurosa.

Las campanas dan las nueve.

Los segundos se convierten en minutos y estos en horas, las horas se suceden amontonando los latidos del reloj... Y, parada frente a la ventana, la señora Friseal lleva la cuenta de cada uno de esos incesantes movimientos. Son doce las veces que la aguja de las horas abandona su posición, setecientas veinte las que lo hace el minutero y cuarenta y tres mil doscientos los segundos que transcurren antes de que las campanas vuelvan a tocar las nueve.

Las campanas suenan de nuevo. Otra vez son las nueve. Mientras, la Señora Friseal permanece inmóvil.

La señora Friseal abandona la ventana y va hacia el teléfono.

La Señora Friseal abandona la ventana y va hacia el teléfono.

Descuelga y marca.

La Señora Friseal descuelga el teléfono y marca.

SEÑOR FRISEAL.— *(Narra)* En este momento está marcando el número de Dan Sinclair. Dan es, sin duda, nuestro amigo más cercano. Hijo único de una familia de apellido ilustre venida a menos, todo en él ha girado siempre en torno a dos movimientos... Construir y destruir lo construido. Nada ni nadie de lo que haya formado parte en algún momento sigue estando ahí. Excepto nosotros. Nosotros somos la única cosa duradera, podríamos decir real, que Dan tiene en su vida.

SEÑORA FRISEAL.— *(Al teléfono)* Hola, soy yo. *(...)* No, no lo estoy... Ha pasado algo. *(...)* No lo sé, pero estoy segura de que es algo grave...

Salón de los Friseal

La Señora Friseal, en la ventana. Un plato con tostadas en su mano. Dan Sinclair, sentado a la mesa, cena en silencio.

SEÑORA FRISEAL.— Perdona, ¿decías algo?

DAN SINCLAIR.— Que no perdemos nada... por volver a intentarlo, me refiero.

SEÑORA FRISEAL.— ¿El qué?

DAN SINCLAIR.— La ruta de los museos. Te decía que mañana la volveré a hacer.

SEÑORA FRISEAL.— Ah, bien... Sí... No se pierde nada...

DAN SINCLAIR.— Sí, eso pienso...

NARRADOR.— Él, en realidad, sabe que no servirá de nada. Hace ya mucho que recorrió la ruta de los museos por primera vez, cuando todavía creía que valdría para algo.

Salón de los Friseal

Dan Sinclair y la Señora Friseal, sentada en el sofá.

SEÑOR FRISEAL.— *(Narra)* 4 de diciembre de ese mismo año sin importancia. Noveno día tras mi desaparición.

DAN SINCLAIR.— He preguntado en el Club y en la Central Library. Nadie lo ha visto por allí en semanas. He ido también al Marítimo, a The Plant House, al World Museum –me enteré de que la semana pasada hubo una exposición entomológica– y a la Walker Art Galery. Nada. Tampoco lo han visto en el Dove, el Mitre, el Cheshire, ni en la Simpson's Tavern. Nada por parte de los Green, los Scott, los Baker, los Briston, los Spooner, ni los Potter. En realidad no sé ni por qué he ido a ver a los Potter. Hace tiempo que esa mujer ha perdido totalmente la cabeza. Y ni se me ha ocurrido ir a ver a los Gardener, sé que no tenéis una buena relación con ellos, pero, tal y como están las cosas, me acercaré aunque sea por tantear la posibilidad... Mañana a primera hora cojo el coche y me acerco al Museo de Historia Natural. Si salgo a las nueve puedo estar de vuelta sobre la una. En cuanto llegue, te cuento. No te preocupes, no vamos a esperar a que ellos marquen el ritmo de todo esto. Daremos con él. Te lo prometo. *(La Señora Friseal rompe a llorar. Dan la abraza)* Está bien... Friseal está bien. Confía en mí.

SEÑOR FRISEAL.— *(Narra)* En realidad, Dan estaba, ya por entonces, totalmente perdido. Absolutamente incapaz de entender cómo podía haberme tragado la tierra de esa manera. Sin un solo indicio por ninguna parte. Nada parecía tener lógica. Algo se le tenía que estar escapando. Algo con lo que poder orientarse. Tal vez en alguna de nuestras conversaciones... Tal vez...

Salón de los Friseal

El Señor Friseal sentado a la mesa. Dan, en el sofá. Ambos frente a sendas copas de vino.

NARRADOR.— Salón de la casa de los Friseal. 9 de noviembre. Último encuentro de Dan y Friseal. Diez días antes del viaje de Friseal.

SEÑOR FRISEAL.— Una isla en medio del Pacífico. Una pequeña isla en medio del Pacífico. Esta está habitada por grillos. Pero nunca se oye a ninguno. Nunca. Hace muchos años, los grillos de esta isla, aislada, virgen, libre por entonces de toda perturbación invasora, eran extraordinarios violinistas. Tal vez los mejores que haya dado la naturaleza. Siglos de evolución musical de sus habilidades. Siglos convirtiendo a las hembras en las críticas más exigentes. Siglos de cortejos de elevada temperatura, donde solo los más finos y elegantes intérpretes podían pensar en la idea de proyectar un mañana con ellas. Imagina su canto, Dan. Solo imagínalo. *(Pausa)* De vez en cuando, entre tanto virtuosismo, nacían algunos grillos tullidos. Grillos que, por más que frotaban sus alas, no conseguían generar el más mínimo sonido. Rabiosos y solitarios grillos mudos, defectuosos, lisiados, tarados condenados por el despiadado azar a la inevitable extinción sin descendencia. El destino del tullido desde su nacimiento. *(Pausa)* Pero un día llegaron a la isla. Ellas llegaron. Las moscas. Una mortífera plaga de moscas a las que también parecía gustarles la música de los violines... Empezaron, entonces, a rastrear el origen de aquellas melodías y, una vez localizado, comenzaron a inyectar sus huevos en el cuerpo de los grillos. Los huevos eclosionaban y las larvas crecían dentro de los infectados. Alimentándose de ellos, fortaleciéndose dentro de sus víctimas. Pero las larvas solo podían realizar su metamorfosis en el agua, así que, llegado el momento, inoculaban, siempre de noche, una toxina en sus anfitriones, una especie de droga que los hacía sentirse incontrolablemente atraídos por la luz. Y en la noche, la luna era la luz... y su reflejo en la charca, la trampa. Los grillos fueron llegando y entrando uno a uno en la luna, lista para ver emerger una nueva legión de moscas... *(Pausa)* Poco a poco la música de la isla se fue apagando. Se fue apagando poco a poco, como convertida en el llanto silencioso de los que ven marchar a los suyos. Se fue apagando cada una de esas noches teñidas de muerte, esas noches que, para desgracia de los grillos, siempre llegaban con luna. *(Pausa)* Hasta que solo quedó uno. Un último violinista que, en medio de un páramo, se entregó. A la visión de un cielo cubierto por moscas, a su infernal zumbido, se entregó. Y cantó. Mientras ellas se acercaban, cantó. Y ese su último canto, ese último canto que era también el de toda una especie, se mantuvo negándose a ceder el sonido de la noche al zumbido de las moscas. No se detuvo, no se detuvo, nada detuvo su canto... Nada... Hasta que en el borde de la charca, mirando fijamente aquel hermoso y brillante cristal... emitió los últimos acordes... y apaciblemente entró en la boca de la luna. *(Pausa)* Todos los violinistas habían muerto. Ya solo los grillos tullidos caminaban libremente, indetectables en su absoluto silencio. Ellos eran ahora los dueños de la noche. Ellos, ya sin competencia, las encontraron. Ante la infinita repugnancia que sus miradas les produjeron, aquellas hembras selectas, acostumbradas al virtuosismo y la elegancia de sus difuntos, los rechazaron. "Repugnantes y lascivos lisiados", pensaron. Pero no había prisa. Los tullidos llevaban demasiadas vidas esperando pacientemente su momento. Y poco a poco, poco a poco pero inevitablemente, el tiempo hizo su trabajo... y la música de los violines fue cayendo en el olvido. Llegó a convertirse en un recuerdo difuso, luego en una vieja leyenda fruto de la imaginación de un necio y, al final, en el tabú de un mundo antiguo. *(Pausa)* Y así el silencio se convirtió en la música de aquella isla. A partir de entonces, el sonido del silencio fue la única verdad para aquellos grillos y sus taradas descendencias; la música muda de aquellos invisibles y poderosos reyes tullidos. *(Pausa)* ¿Entiendes lo que quiero decir?

DAN SINCLAIR.— Creo que nunca entiendo muy bien nada de lo que quieres decir, Friseal.

SEÑOR FRISEAL.— Por supuesto que no, amigo mío... Por supuesto que no.

> *Brindan y beben.*

Salón de los Friseal

La Señora Friseal, en la ventana. Un plato con tostadas en su mano. Dan Sinclair, sentado a la mesa, cena en silencio.

SEÑOR FRISEAL.— *(Narra)* Durante todo este tiempo, no ha dejado ni un solo día de visitar a mi mujer. Todos los días, después del trabajo, viene a verla. De alguna manera, uno se ha convertido en el cemento que sujeta al otro.

Dan, desde la mesa, mira a la Señora Friseal.

DAN SINCLAIR.— Tu pequeña atalaya. El lugar más habitual de tus días y tus noches. Desde ahí oteas el largo río de empedrado, esperando el regreso de ese barco fantasma que parece haberse esfumado en la niebla a ojos de todos. *(Las campanas dan las nueve)* Y ahora encenderás la maldita luz del porche. *(La Señora Friseal enciende la luz del porche)* Como si encendieses un faro. Cada noche, cuando suena la novena campanada. Casi desde el principio. Me destruye verte hacerlo, Ash. No soporto esa luz. Me hace sentir impotente.

NARRADOR.— Esto piensa Dan mientras la mira. Hace tiempo que aprendió a leer y respetar esos días. Esos en los que ella necesita simplemente compañía. Compañía y silencio.

DAN SINCLAIR.— ¿Qué es lo que miras ahí anclada? Ojalá pudiese saber dónde estás ahora mismo. No soy más que un ser invisible en estos momentos de silencio. Si pudiese sacarte de ahí, Ash... Si supiese la manera...

Salón de los Friseal

El matrimonio cena en silencio, ocupando cada uno un extremo de la mesa. Sobre el mantel y junto al Señor Friseal, una jaula para grillos.

NARRADOR.— 11 de noviembre. Ocho días antes de la marcha de Friseal. Dos días después de su último encuentro con Dan y catorce antes de ese viernes 25 tras el que nunca volvió.

SEÑORA FRISEAL.— *(Narra)* Era un día lluvioso como pocos. Él había aprovechado la tarde para arreglar la puerta del aparador y nivelar las patas de la mesa. Mientras lo hacía, yo encendí la chimenea y me encerré en la cocina a preparar el conejo a la cazuela de la cena. Como cada domingo. Friseal no es un hombre que se caracterice precisamente por ser hablador, pero esa noche lo sentí especialmente taciturno y ausente, como muy lejos de allí. Durante la cena hubo un momento en que lo miré... Lo miré detenidamente... Y lo vi envejecido. Como si hubiese ocurrido de golpe.

NARRADOR.— ¿Cuándo había pasado? ¿Cuándo habían dejado de ser aquellos dos jóvenes que se conocieron en el bar del muelle? El desaparecido bar del muelle... Tan lejos quedaban aquellos tiempos en los que todo era deseo por descubrirse...

Bar

Los jóvenes Robert Friseal y Ashley White sentados a una mesa, un tanto borrachos.

ROBERT FRISEAL.— Me llamé Robert Douglas durante toda mi infancia. Después fui Robert Stuart. Soy hijo de Peter Stuart y Mary Douglas, que adoptó el apellido Stuart tras casarse con mi padre, después de la muerte de su primera mujer, Linda Stevenson. Yo nací cuando Linda Stevenson, Linda Stuart tras casarse con mi padre, aún estaba viva y crecí como Robert Douglas, pues mi padre no reconocía que yo fuese un Stuart. Odié ser un Douglas. Lo odié porque ser un Douglas significaba no ser un Stuart. Durante aquella época, odié a mi padre. Y lo odié también cuando Linda murió y se casó con mi madre. Lo odié toda la vida. Lo odié hasta que se murió. En realidad lo seguí odiando incluso después. Por ello con dieciocho años, cuando me marché de casa, decidí dejar de ser un Stuart y no volver a ser jamás un Douglas. Desarraigarme de todo aquel pasado. Desde entonces soy Robert Friseal. Y como Robert Friseal he recorrido el mundo.

SEÑORA FRISEAL.— *(Narra)* Entonces, comenzó a dibujar un viaje extraordinario iniciado en tierras del norte, donde fortaleció su espíritu a base de trabajo y más trabajo y donde el esfuerzo no podía resistirse sin alcohol. Habló de hombres que lo llevaron a países donde el calor le hizo añorar el hielo. De ríos infinitos y selvas cubiertas por árboles prehistóricos bajo los que era siempre de noche. De tormentas, naufragios y semanas en botes a la deriva. De islas y nativos. De familia, amor e hijos de piel mestiza. De plagas, enfermedades, muertes y dolor. Habló del fin.

NARRADOR.— Y de nuevos inicios en mundos a los que se llegaba cruzando lagos, ciudades, desiertos, montañas y más ciudades en una rueda interminable de colores y tamaños. En los que olía siempre a deliciosas especias, la comida era como de otro tiempo y se utilizaba un curioso material para hacer los trajes más hermosos que un ser humano de cualquier época pudiese imaginar. Y de dinero y más dinero en un intercambio incesante de tejido por monedas. Parecía que aquel joven hubiese vivido varias vidas en una sola... Hasta llegar a esa mesa en la que ahora estaba sentado frente a ella.

ASHLEY WHITE.— Hace meses que viajo a menudo, por negocios de mi padre, a una pequeña ciudad de montaña. Cada vez que voy, desayuno tostadas con aceite y tomillo. Siempre en el mismo bar. Enfrente hay una tienda de antigüedades. En ella, un mostrador. Detrás del mostrador, un joven. Siempre el mismo joven. Lo veo a través del escaparate. Él no lo sabe, pero lo observo haciendo sus tareas mientras desayuno. Lo reconocería sin ninguna dificultad allá donde lo encontrase. Y lo tengo en este momento sentado frente a mí... Robert Friseal.

NARRADOR.— Ella nunca pronunció esas palabras. No le molestaban todas esas mentiras. De alguna manera, la enternecía y también la apenaba escuchar a ese joven tan necesitado de ser alguien que no era, tan deseoso de escapar de su pequeña jaula. Y siguió escuchando atenta sus invenciones, tomándoselas como un cuento. No estropeó ese momento con la verdad.

Salón de los Friseal

El matrimonio cena en silencio, ocupando cada uno un extremo de la mesa. Sobre el mantel y junto al Señor Friseal, una jaula para grillos.

SEÑORA FRISEAL.— *(Narra)* Fue entonces, mientras yo recordaba nostálgica aquella primera noche en la que dormimos juntos, cuando Friseal, sin venir aparentemente a cuento, me hizo una pregunta. Esa extraña pregunta.

SEÑOR FRISEAL.— ¿Has pensado alguna vez cómo es nuestra vida? Vista desde fuera, quiero decir.

SEÑORA FRISEAL.— ¿A qué te refieres? *(Narra)* En ese momento, él se encoge de hombros.

El Señor Friseal se encoge de hombros.

Yo no le doy mayor importancia y pienso que la comida se me ha quedado fría de tanto recordar. Él mete una hoja de lechuga en la jaula...

El Señor Friseal mete una hoja de lechuga en la jaula.

... y da de comer al grillo. Y ambos seguimos cenando en silencio, como una noche más en la que nada pasa.

NARRADOR.— Pero aquella noche no era una noche más, ni la pregunta una pregunta cualquiera.

Salón de los Friseal

La Señora Friseal, en la ventana. Un plato con tostadas en su mano. Dan, sentado a la mesa.
La Señora Friseal abandona la ventana y se dirige a la mesa. Se sienta frente a Dan. Cenan. Silencio.

SEÑORA FRISEAL.— Dan... *(Dan aparta la mirada del plato)* Hablemos de una vez de cómo son las cosas... De cómo son en realidad.

DAN SINCLAIR.— No te entiendo.

SEÑORA FRISEAL.— Vamos, Dan... No creo que no lo hayas pensado.

DAN SINCLAIR.— ¿A qué te refieres?

SEÑORA FRISEAL.— A que tal vez... a Friseal, ya sabes, en realidad... Quizá no le haya pasado nada. Tal vez, simplemente, se ha cansado de todo esto. *(Dan devuelve la mirada al plato)* Así que... ya está. Ya está bien, Dan. Déjalo estar.

La Señora Friseal devuelve también la mirada al plato. Siguen comiendo en silencio.

NARRADOR.— Dan dirige la mirada a la luz del porche.

Dan mira hacia la luz del porche.

Y vuelve al plato.

Dan devuelve la mirada al plato.

DAN SINCLAIR.— *(Sin levantar la mirada del plato)* ¿Tú también vas a dejar de esperarlo?

NARRADOR.— La señora Friseal no responde.

Silencio.

2. Sonata a un buen hombre

Señor Friseal.— *(Narra)* El tiempo siguió pasando, pero mientras tanto algo se movió en Dan. Como empujado por el desvanecimiento de mi imagen, por la pérdida de esa obsesión constante por encontrarme, un nuevo propósito se incrustó en él. Dan no apagó la fuerza de su empeño, simplemente la cambió de lugar... Y se prometió no desistir hasta conseguir que esa maldita luz del porche dejase de encenderse.

Dan Sinclair.— 27 de marzo. Reserva para dos en Sweeting. 20:30 horas. Lenguado, salmón, langosta y ostras.

Señor Friseal.— *(Narra)* Aquella cena fue el primer hito de la hoja de ruta en la que Dan iba a embarcar a mi mujer. Un itinerario concebido con la única intención de alejarla todo lo posible de aquella ventana.

Dan Sinclair.—
Hoy, Parque Nacional y pícnic entre palmeras de brezo.

Señora Friseal.—

¿Y para hacer un pícnic tenemos que coger el coche?

Tenemos entradas para el teatro y reserva para cenar.

¡Dios mío, pero si no tengo nada que ponerme!

Anuncian buen tiempo. Nos vamos a la playa.

Esto se cubre en un rato.

DAN SINCLAIR.—

Te recojo a las 11:00.

Sigue el buen tiempo. También en el norte.

Acampada en las dunas.

Comemos marisco.

Comemos marisco.

Comemos marisco.

Hasta tener fiebre.

¿Dónde te apetece cenar?

Empanada, puré y salsa de perejil... ¿Y hoy?

Cangrejo, ternera Holstein...

Se celebra la carrera nacional de piraguas.

¡Es divertidísimo!

Nos vamos al norte.

Senderos y senderos entre montes, bosques y ríos.

SEÑORA FRISEAL.—

Pues que sepas que voy obligada.

¿A una isla? ¿A qué?

Nada que comer excepto...

Cenamos marisco.

Cenamos marisco.

Y cenamos marisco.

En los próximos días, ni hablar de salir de casa.

¿F. Cooke?

Pues se me antoja un poquito The Ivi.

... y cerezas borrachas.

¿En serio quieres ir a eso?

¿Me prometes que vamos a volver pronto?

¡Aquello es precioso!

Dime...

¿Te gustaría ir?

Tengo las entradas desde hace semanas. Nuevo viaje a las islas.

Soledad...

¿Te atreves a subir la Gran Montaña?

¡Rumbo al noroeste!

Y de ahí a la costa...

Caminar sobre su muralla y descender hasta la Casa Enana.

¡Hacia el oeste!

Objetivo...

Rumbo al norte del norte...

Capturar al monstruo.

Qué buena idea fue llevar las bicicletas.

He visto que hay un festival de música en la Tierra de la Ardilla Roja.

Podría estar bien.

Fin de semana entre barnaclas, piquirrojas, cormoranes...

... y whisky.

Ve buscando un buen calzado, amiguito.

¡Hasta el castillo, la cuna de la espada y la cueva del mago viejo!

Hasta llegar al Anillo de Hierro...

Y una vez allí...

¡Directos al Neolítico!

Robar un dolmen y destruir el poder religioso del Círculo.

Hasta el Lago Oscuro. Objetivo...

DAN SINCLAIR.—

¿Y ahora?

A la Calzada de Basalto.

¿Resultado?

No está a la altura de lo que comen.

¿Dirección?

Más allá del estrecho.

No se come mal. Experiencia aceptable.

¿Cenamos?

Langosta, ostras y lenguado Dover.

Anguila ahumada y rosbif en el Simpson's.

Águilas reales, ciervos rojos...

Y por supuesto...

SEÑORA FRISEAL.—
Tarea sencilla.

Lo sabes perfectamente.

Y no pararemos hasta encontrar a los gigantes y hacer que nos cuenten su leyenda.

Decepcionante.

¡Arranca!

¡Siempre al oeste!

Tierra de druidas y bosques mágicos.

Pero ya está bien de tiempos pasados.

¿Wiltons?

¿Y hoy?

Volvemos a las islas.

Baños entre nutrias...

Whisky.

Enamorados de las islas del norte.

Pausa.

Hoy es 4 de septiembre. Doscientos ochenta y tres días tras la desaparición de Friseal. He reservado mesa para dos en The Rules. Es un día importante. Un día para celebrar. Hoy se cumple exactamente un mes desde que la luz del porche se encendió por última vez.

Enamorados de las islas del norte.

3. La celebración

Salón de los Friseal. Estancia en penumbra

Ruido de llaves en la puerta principal. Las risas de Dan Sinclair y la Señora Friseal rompen el silencio de la noche.

SEÑORA FRISEAL.— *(Off)* Voy un momento al baño. Ve poniendo un par de copas.

DAN SINCLAIR.— *(Off)* A sus órdenes...

Sonido de pasos aproximándose al salón. La luz se enciende. Dan entra y abre el mueble bar.

¿Tinto o blanco?

SEÑORA FRISEAL.— *(Off)* ¡Whisky!

Dan saca la botella y sirve dos copas. La Señora Friseal entra en el salón y pone música. Dan le entrega una de las copas.

Por un día maravilloso.

DAN SINCLAIR.— Por muchos más.

Brindan. Dejan las copas sobre la mesa y bailan.

NARRADOR.— Dentro de unos instantes se empezarán a desvestir mientras bailan. Se desnudarán mutuamente. No lo han hecho nunca antes. Se besarán y se dejarán caer en el sofá. En él harán el amor. Lo harán hasta que el teléfono suene y los interrumpa.

El teléfono suena... en otro tiempo.

Dan intentará retenerla, pero no lo conseguirá. Ella va a contestar. Y esa llamada lo romperá todo.

SEÑORA FRISEAL.— *(Off)* Grillos... He oído grillos.

DAN SINCLAIR.— *(Off)* Grillos...

SEÑORA FRISEAL.— *(Off)* Sí... Grillos.

Silencio breve.

DAN SINCLAIR.— *(Off)* Ash... No importa si le pasó algo o si, simplemente, se marchó. En realidad no importa. Friseal está muerto. Deberías ayudarte a aceptarlo.

NARRADOR.— Y la puerta se cerrará...

La puerta se cierra... en otro tiempo.

Pero eso será dentro de unos instantes. De momento, siguen en los buenos tiempos.

El volumen de la música sube. Dan y la Señora Friseal bailan. Sus cuerpos se acercan... Sus bocas también...

Acto segundo

1. LA PREGUNTA

Salón de los Friseal

El matrimonio cena en silencio, ocupando cada uno un extremo de la mesa. Sobre el mantel y junto al Señor Friseal, una jaula para grillos.

NARRADOR.— 11 de noviembre de ese año sin importancia. Ocho días antes de la marcha de Friseal. Friseal y la señora Friseal cenan en silencio. Ella, perdida en sus pensamientos; él, en la conversación que dos días antes había mantenido con Dan.

Salón de los Friseal

Dan Sinclair y el Señor Friseal, sentados a la mesa.

SEÑOR FRISEAL.— Y así el silencio se convirtió en la música de aquella isla. A partir de entonces, el sonido del silencio fue la única verdad para aquellos grillos y sus taradas descendencias; la música muda de aquellos invisibles y poderosos reyes tullidos. *(Pausa)* ¿Entiendes lo que quiero decir?

DAN SINCLAIR.— Creo que nunca entiendo muy bien nada de lo que quieres decir, Friseal.

SEÑOR FRISEAL.— Por supuesto que no, amigo mío... Por supuesto que no.

Brindan y beben.

DAN SINCLAIR.— *(Reflexivo)* Sin embargo, siempre me da mucho que pensar...

SEÑOR FRISEAL.— ¿Por ejemplo?

DAN SINCLAIR.— Todo esto que me cuentas... Esta minuciosa obsesión tuya por los insectos... Como cuando el otro día me hablaste de la homosexualidad de los grillos...

SEÑOR FRISEAL.— No solamente los grillos. La homosexualidad está muy extendida entre los insectos.

DAN SINCLAIR.— ¿En serio?

SEÑOR FRISEAL.— Por supuesto. A veces la practican conscientemente. Es como si creyeran que dejando su semen en otro grillo, tendrán la posibilidad de que se transfiera a una hembra en una futura cópula.

DAN SINCLAIR.— Ahá...

SEÑOR FRISEAL.— Otras veces, simplemente..., se confunden.

DAN SINCLAIR.— Se confunden...

SEÑOR FRISEAL.— Un macho acaba de estar con una hembra, huele aún a ella, a sus feromonas; llega otro, tiene ganas, y digamos que, simplemente..., se confunde.

Breve silencio. Dan reflexiona.

DAN SINCLAIR.— Es exactamente a esto a lo que me refería.

SEÑOR FRISEAL.— ¿A la sexualidad de los insectos?

DAN SINCLAIR.— No... A cómo los miramos... A cómo diseccionamos sus comportamientos hasta generar la narración de sus vidas. *(Breve silencio)* Hace ya unos días que vengo pensando en ese sótano tuyo y en todas esas vidas que tienes clavadas en las paredes o encerradas en esos tarros esperando ser analizadas, esperando que se descubra su relato para poder contarlo... Y no consigo sacarme una idea de la cabeza... ¿Has pensado, Friseal, cómo sería nuestra vida vista desde fuera? ¿Cómo vería tu vida alguien que la mirase como tú miras tus insectos? Cómo nos contarían... si nosotros fuésemos ellos...

Largo silencio. Dan bebe. El Señor Friseal no se mueve.

Salón de los Friseal

El matrimonio cena en silencio, ocupando cada uno un extremo de la mesa. Sobre el mantel y junto al Señor Friseal, una jaula para grillos.

NARRADOR.— Es entonces cuando Friseal hace la pregunta.

SEÑOR FRISEAL.— ¿Has pensado alguna vez cómo es nuestra vida? Vista desde fuera, quiero decir.

SEÑORA FRISEAL.— ¿A qué te refieres?

NARRADOR.— Friseal se encoge de hombros...

El Señor Friseal se encoge de hombros.

... mete una hoja de lechuga en la jaula de grillos...

El Señor Friseal mete una hoja de lechuga en la jaula.

... y ambos siguen cenando en silencio, como una noche más en la que nada pasa. Pero esa pregunta se ha incrustado en él, haciendo girar la rueda una y otra vez.

La pregunta resuena en la cabeza del Señor Friseal.

SEÑOR FRISEAL.— *(Off)* ¿Cómo sería nuestra vida vista desde fuera?

DAN SINCLAIR.— *(Off)* ¿Cómo nos contarían...?

SEÑOR FRISEAL.— *(Off)* Si nosotros fuésemos ellos...

DAN SINCLAIR.— *(Off)* ¿Cómo sería?

SEÑOR FRISEAL.— *(Off)* Nuestra vida vista desde fuera...

DAN SINCLAIR.— *(Off)* Nuestra vida...

SEÑOR FRISEAL.— *(Off)* Si nosotros fuésemos ellos.

DAN SINCLAIR.— *(Off)* ¿Cómo sería?

SEÑOR FRISEAL.— *(Off)* Vista desde fuera.

2. El recorrido del parásito

Salón de los Friseal. Noche. Estancia iluminada por una lámpara de pie

El Señor Friseal sentado en el sofá.

NARRADOR.— Durante los siguientes días, como si de un parásito se tratase, aquella pregunta recorrió incansable su cerebro, internándose en sus conductos, filtrándose entre sus membranas...

SEÑORA FRISEAL.— *(Off)* ¿Has pensado alguna vez cómo es nuestra vida?

DAN SINCLAIR.— *(Off)* Vista desde fuera...

SEÑORA FRISEAL.— *(Off)* Vista desde fuera...

DAN SINCLAIR.— *(Off)* Desde fuera...

SEÑOR FRISEAL.— Nuestra vida vista desde fuera...

Silencio largo.

NARRADOR.— Pero esa pregunta no tiene respuesta. Y Friseal lo sabe. Ningún insecto puede contarse a sí mismo. Hace falta un ojo externo, una mirada desde la distancia.

SEÑOR FRISEAL.— *(Al grillo)* Se necesita una mirada desde la distancia, ¿entiendes? Pero ¿cómo conseguirla? Ni siquiera frente al espejo conseguimos una imagen fiel de quiénes somos. No es más que una mentira la que nos mira. Tendrías que poder ser tú y a la vez otro tú. *(Breve silencio)* Como una hidra. La hidra no es más que un pequeño organismo con tentáculos. Apenas veinte despreciables milímetros, podrías pensar. Pero, en realidad, es uno de los seres más extraordinarios de la naturaleza. Cuando se corta en dos su cuerpo, la hidra no muere. Las mitades regeneran las partes perdidas. Vuelven a ser seres completos. Pero ¿cuál de los dos es el origen? ¿Acaso no lo son ambos? *(Breve silencio)* Imagina que se siguiesen seccionando, una y otra vez, en un mar infinito de ella misma. Un solo ser viviendo miles de vidas y, de algún modo, todas suyas. Mirándose cara a cara. Viéndose actuar desde fuera. No en el reflejo de un espejo, no; mirándose a sí misma...

Si pudiésemos ser hidras... Diosas inmortales... Pero no podemos. Es imposible observarse desde fuera de uno mismo. Como mucho, estamos preparados para observar la vida de otros, para analizarla esperando que esa otredad nos devuelva un reflejo aproximado de quiénes somos realmente.

La Señora Friseal comienza a cantar. Capta la atención del Señor Friseal, que se acerca a la puerta de la cocina para escucharla.

NARRADOR.— Y ahí parado, escuchando cantar a su mujer mientras cocina, Friseal tiene una curiosa idea. Y en ese mismo momento, decide que la llevará a cabo.

El Señor Friseal se retira en dirección al sótano.

Los cuatro días siguientes, Friseal, sin llegar a descuidar por completo sus obligaciones domésticas, dedica la mayor parte de su tiempo a la minuciosa labor de materializarla.

Salón de los Friseal

La Señora Friseal está al teléfono.

SEÑORA FRISEAL.— En absoluto. Lleva un par de días especialmente animado. *(...)* Sí, pero me ha dicho que no quiere ver a nadie. *(...)* No, ni llamadas. *(...)* En el sótano. *(...)* Anda ahí metido y no hay quien lo saque... Ayer hasta durmió en el sótano. *(...)* No sé si durmió, es un decir. Pasó la noche en el sótano. *(...)* No le he preguntado. Imagino que tendrá una de esas exposiciones suyas de bichos. Ya sabes cómo se toma estas cosas. *(...)* ¿A mí? ¿Por qué? Si a él le entretiene... A mí me encanta verlo así de activo. Ojalá surgiesen más a menudo. *(...)* En cuanto suba se lo digo. *(...)* Perfecto, de tu parte.

Cuelga y vuelve a la cocina.

NARRADOR.— Y todo ese frenesí que envuelve a los Friseal, de repente, se detiene. El 19 de noviembre. Friseal ha terminado de ensamblar la primera fase de su idea. La segunda pasa por hacer un viaje. Y así se lo comunica a su esposa.

SEÑOR FRISEAL.— Me voy de viaje.

NARRADOR.— Se va de viaje.

SEÑORA FRISEAL.— ¿Cuándo?

NARRADOR.— Ese mismo día. Y así se lo comunica a su esposa.

SEÑOR FRISEAL.— Hoy.

SEÑORA FRISEAL.— ¿Cuándo dices?

SEÑOR FRISEAL.— Hoy.

SEÑORA FRISEAL.— ¿Y no me avisas?

SEÑOR FRISEAL.— Te estoy avisando.

NARRADOR.— A ella le extraña tanta urgencia. Pero en el fondo no le da mayor importancia. Y continúa organizando la cena...

SEÑORA FRISEAL.— ¿Cenas en casa?

SEÑOR FRISEAL.— No.

SEÑORA FRISEAL.— Pues muy bien.

Breve silencio.

SEÑOR FRISEAL.— ¿Qué estás preparando?

SEÑORA FRISEAL.— Conejo.

Breve silencio.

SEÑOR FRISEAL.— ¿Cómo?

SEÑORA FRISEAL.— Guisado.

Silencio breve.

¿Cenas en casa?

SEÑOR FRISEAL.— Sí.

NARRADOR.— Y esa noche cenarán... Sin saber que será la última vez que lo hagan juntos.

Salón de los Friseal

El Señor Friseal termina de hacer la maleta y se prepara para salir.

SEÑORA FRISEAL.— ¿Lo llevas todo? *(El Señor Friseal asiente)* ¿Seguro?

SEÑOR FRISEAL.— Creo.

Pausa.

SEÑORA FRISEAL.— *(Por la jaula de grillos)* ¿Te llevas eso también? *(El Señor Friseal asiente)* ¿Cuánto tiempo dices que vas a estar fuera?

SEÑOR FRISEAL.— No te alarmes si tardo tres o cuatro días en volver.

NARRADOR.— Y, efectivamente, ese es el tiempo aproximado que Friseal piensa ausentarse. Todo el que cree que va a necesitar. El suficiente para lo que tiene en mente: confeccionar un relato de la vida cotidiana de su esposa.

Amparado por una identidad falsa, que ha trenzado sin descuidar ni una insignificante arista, Friseal ha alquilado la casa de enfrente por una semana. Desde allí podrá seguir a su mujer en su día a día, sin que ella tenga la menor sospecha de que está siendo observada.

El Señor Friseal se pone el abrigo.

SEÑOR FRISEAL.— En cualquier caso, cuenta conmigo para la cena el viernes por la noche.

NARRADOR.— Una semana. Una semana es todo lo que Friseal cree necesitar.

Se dan un beso.

Justo antes de salir, Friseal se gira y dirige una última mirada a la señora Friseal, pero ella no le da la menor importancia. En ese momento no.

El Señor Friseal sale. La puerta se cierra.

3. JAULA DE GRILLOS

Ático de un edificio frente a la casa de los Friseal

Junto a la ventana, una pequeña mesita. Sobre ella, la jaula con el grillo. El Señor Friseal prepara un té siguiendo un cuidadoso ritual.

NARRADOR.— 20 de noviembre. Primer día tras su marcha. Ese antiguo desván parece, sin duda, el lugar perfecto para ejecutar su plan. La ventana de la estancia ofrece una perspectiva nítida del salón de su casa. Friseal se sorprende, en realidad, de poder verlo casi al completo.

SEÑOR FRISEAL.— *(Al grillo)* Cuando volvamos, recuérdame que tenemos que usar un poco más las cortinas.

NARRADOR.— Además, la ubicación de la propia ventana, sumada a la forma de los brazos del roble que se alza justo delante, hace que la tarea de mirar sin ser visto resulte aparentemente sencilla.

El Señor Friseal abre un cuaderno de notas, coge un bolígrafo y da un sorbito a la taza de té.

Y una vez todo dispuesto, la vida del sujeto da comienzo al otro lado de la ventana.

SEÑOR FRISEAL.— "La vida de mi esposa vista desde fuera". Día 1, 9:00 horas: se enciende la luz de la habitación. Abre la ventana y retira la ropa de la cama. 9:06 horas: entra en el baño. 9:17 horas: prepara el desayuno: zumo de naranja, tostada y té verde. 9:30 horas: sale con la bandeja y se acomoda en el sofá. Lee mientras desayuna. 10:30 horas: cierra el libro y vuelve a la cocina. Friega. 10:38: corta algo sobre la encimera y lo echa en la olla. Lo deja al fuego y vuelve al dormitorio. Hace la cama, arregla la habitación y cierra la ventana. 11:24: limpia el polvo. Termina a las 12:05. Se dirige al dormitorio, elige vestimenta y entra en el cuarto de baño. Es de suponer que se esté duchando y siga con el ritual del aseo. 12:37: entra en la cocina y recoge el tendedero. Plancha. 13:47: apaga el fuego y pone la mesa. Ha preparado un guiso. 14:10: enciende la radio y se sienta a comer. ¿Música? ¿Tal vez las noticias? 14:50: recoge la mesa, apaga la radio y se dirige a la habitación. Cierra las cortinas. ¿Siesta? 16:40: se abren las cortinas. ¡Menuda siesta! Sale de la habitación y entra en el baño. Es de suponer que lo visite después de semejante siesta. 16:45: sale hacia la cocina. ¡No creo que vuelva a comer! 16:51: en la bandeja, un par de piezas de fruta y un pedazo de pan con queso. Una vez en el salón, pone nuevamente la radio. Merienda. 17:46: lee. 19:40: cierra el libro y vuelve a la cocina. Pone algo al fuego. 20:01: sale otra vez con la bandeja. Crema de verduras con picatostes, un vaso de agua y una pieza de fruta. 20:19: termina de cenar y recoge, imagino que por última vez, la maldita bandeja. Vuelve a sentarse en el sofá y retoma el libro. 22:10: le pican los ojos. Se levanta. Entra en el baño. Sale del baño. Entra en el dormitorio. 22:17: las luces se apagan. Por fin...

NARRADOR.— El segundo día, salvo por algunas variaciones en el minutaje y una breve salida a la calle, es prácticamente idéntico al primer día.

SEÑOR FRISEAL.— 12:05: sale de casa. 14:01: regresa cargando cuatro bolsas. Obligada labor de abastecimiento.

NARRADOR.— Exceptuando mínimas variaciones en el minutaje, la secuencia de actividades de la tercera jornada calca la registrada el primer día. Lo mismo para el cuarto, salvo por una particularidad.

SEÑOR FRISEAL.— A las 17:02 sale a la calle vestida con ropa cómoda. Vuelve a las 18:37. Es de suponer que ha dado un paseo.

NARRADOR.— Y así llegamos al día clave.

SEÑOR FRISEAL.— Viernes, 25 de noviembre.

NARRADOR.— Día del retorno de Friseal.

SEÑOR FRISEAL.— Día de mi retorno.

NARRADOR.— El registro de la secuencia de la tarde se interrumpe ante el acontecimiento.

SEÑOR FRISEAL.— Cocina, limpieza y aseo personal desde las 16:45, hora en la que recoge la merienda.

NARRADOR.— No hay más notas.

El Señor Friseal cierra el cuaderno de notas.

4. La promesa

Ático

El Señor Friseal termina de hacer la maleta.

NARRADOR.— La hora del retorno se acerca... y Friseal tiene ya su respuesta. Ha intentado condensar el resultado todo lo posible. No ha sido una labor ni mucho menos sencilla, pero, finalmente, tras dudar respecto al orden de algunos términos, la composición de ciertas estructuras gramaticales y la elección de uno u otro calificativo, tiene ya terminado el relato.

SEÑOR FRISEAL.— *(Al grillo)* Tedio, hastío, aburrimiento en su máxima expresión, elevado a una potencia infinita. La muerte de la muerte... Imposible imaginar un muermo semejante... Una nada de tal calibre. Volvemos a casa. Si he de morir de aburrimiento, mejor que sea en mi cama.

El Señor Friseal cierra la maleta.

NARRADOR.— Las campanas dan las nueve.

Las campanas dan las nueve.

Friseal está a punto de cargar la maleta cuando ve algo que llama su atención. La señora Friseal está en la ventana. Inmóvil. Evidentemente preocupada.

El Señor Friseal deja la maleta y se acerca a la suya.

SEÑOR FRISEAL.— No me estoy retrasando ni siquiera un minuto. ¿Es posible que ya estés preocupada?

NARRADOR.— Y aquella espera, varada en la ventana, es la primera cosa interesante que, en casi una semana, Friseal ha visto hacer a su mujer. Se podría decir que esa imagen de su mujer le parece, de algún modo difícil de describir, incluso hermosa. Y piensa que es una lástima interrumpirla. Volverá a casa cuando su mujer abandone la ventana. Nunca antes... Pero, para su sorpresa, la noche avanza y su mujer no se mueve. Son doce las veces que la aguja de las horas modifica su posición, setecientas veinte las que lo hace el minutero y cuarenta y tres mil doscientos los segundos que transcurren antes de que ella abandone la ventana.

Las campanas vuelven a dar las nueve.

Pero algo cambia durante la noche. Ante la imagen de su esposa inmóvil según avanzan las horas, Friseal comprende que se ha equivocado. Ha errado la pregunta. Cómo sea la vida de su mujer en la intimidad no tiene, en realidad, mayor importancia. Lo que ahora se pregunta es... cómo sería la vida de su esposa sin él.

SEÑOR FRISEAL.— Dame un poco de tiempo, Ash. Solo un poco de tiempo para poder observar cómo se modifica, a partir de este momento, la secuencia de tus días. Volveré pronto. Te lo prometo.

La Señora Friseal deja la ventana y se dirige al teléfono.

NARRADOR.— Y a lo largo de las siguientes semanas, todos los días, cada vez que su mujer se ancla frente a la ventana o la ve deambulando sin norte por la casa, Friseal se dedica a crear vidas para ella. Imaginándose las múltiples posibilidades que su mujer habría tenido si nunca lo hubiese conocido.

La Señora Friseal se sienta abatida en el sofá.

SEÑOR FRISEAL.— Te habrías ido a vivir a un país lejos de aquí, al sur del continente. Un 14 de julio, un día lluvioso como pocos, entrarías en un cine para refugiarte. Junto a ti se sentaría Antoine Florit, un hombre que no pararía de llorar durante toda la película. Al terminar, lo llevarías a tomar café. Agradecido, Antoine te invitaría a ir con él al norte, donde se descubriría como un importante terrateniente y te convertiría en la señora Florit. Dedicarías el resto de tu vida a los viñedos y contratarías siempre a personas necesitadas, convirtiendo todo aquello en tu propio proyecto de acogida. Morirías de cirrosis hepática con setenta y cuatro años. *(Breve silencio)* Aunque aquel 14 de julio tal vez no lloviese y tú nunca hubieses entrado en aquel cine. Habrías seguido caminando hasta toparte con una agencia de viajes. Comprarías un billete a un país muy al este de allí. Te enamorarías del lugar y decidirías quedarte. Un día de playa, sentada a la mesa frente a una ensalada, conocerías a Kemal Yilmaz. A ambos os gustaría tener hijos. Muchos. Pero tú no querrías tener ninguno y él tampoco que los tuvieses. Así que contrataríais a veintiuna madres que tuviesen veintiún hijos para vosotros. Todas se embarazarían a la vez, pues, según vuestro plan de crianza, vuestros hijos deberían tener la misma edad. Haríais firmar a las madres de esos niños un contrato que les prohibiría volver a verlos, de por vida. Y tras nueve meses, en vuestra hermosa casa no se conocería el significado de la palabra *aburrimiento*. *(Breve silencio. La Señora Friseal se acerca a la ventana)* O quién sabe, Ash. Tal vez nunca hubieses salido de aquí y, simplemente, habrías conocido a otro yo cualquiera, al que estarías esperando en este momento, como a mí, varada en una ventana. En realidad, poco importa, ¿no crees?

Sobre la mesa, la maleta abierta. El Señor Friseal termina de meter sus cosas en ella.

NARRADOR.— Tres semanas después, Friseal decide volver. No hay una razón en particular. Ha comido un emparedado y una ensalada de pasta, ha recogido la mesa, ha fregado y se ha echado a dormir una siesta. Nada más despertarse, se ha puesto de nuevo a hacer la maleta. ¿Por qué? ¿Se empieza a sentir solo? ¿Tal vez culpable? ¿O simplemente es hora de regresar a su vida? No tiene respuesta a nada de todo esto. En realidad, ni siquiera se ha hecho ninguna de estas preguntas. Pero ya todo está dispuesto. Y Friseal coge la maleta...

El Señor Friseal coge la maleta.

Y también la jaula.

El Señor Friseal coge la jaula.

Abre la puerta...

El Señor Friseal abre la puerta.

Y sale.

El Señor Friseal sale. Se detiene en la acera y posa en ella la maleta.

Detenido en la acera, mira su casa. La siente más lejana. Como si la calle hubiese ensanchado en esas semanas. Entonces, las campanas comienzan a sonar.

Las campanas comienzan a sonar.

Y Friseal piensa...

SEÑOR FRISEAL.— *(Off)* Cruzaré en cuanto den las nueve. Como debe ser.

Suena la última de las campanadas.

NARRADOR.— Friseal agarra la maleta.

El Señor Friseal agarra la maleta.

Y en ese mismo instante, la luz del porche se enciende. Por primera vez, se enciende. Como si aquella casa lo estuviese observando. Como si hubiera leído sus intenciones y estuviese disponiendo todo para recibirlo. Y sin ningún motivo, porque no lo hay, Friseal vuelve sobre sus pasos...

El Señor Friseal vuelve a entrar en el edificio del ático.

... cierra la puerta tras él...

Cierra la puerta.

... deja la maleta sobre la mesa...

Deja la maleta.

... y, tranquilamente, se tiende en la cama. Su cama...

El Señor Friseal se tumba.

Esa noche Friseal pensará en muchas cosas. En demasiadas, para una sola noche. Entre otras, recordará la habitación de hotel. Esa en la que ambos pasaron la noche el día que se conocieron.

Habitación de hotel

Ashley White y Robert Friseal tumbados en la cama.

ROBERT FRISEAL.— Así que lo sabías.

ASHLEY WHITE.— Así es.

ROBERT FRISEAL.— Que todo era mentira...

ASHLEY WHITE.— Desde el principio.

ROBERT FRISEAL.— ¿Y por qué me has dejado estamparme contra el muro sin detenerme?

ASHLEY WHITE.— El resultado no ha sido tan malo, ¿no crees?

ROBERT FRISEAL.— En absoluto. Ha sido un magnífico cierre.

ASHLEY WHITE.— Estoy de acuerdo. Un magnífico cierre.

Silencio breve.

ROBERT FRISEAL.— En realidad me gustaría que no lo fuese.

ASHLEY WHITE.— ¿El qué?

ROBERT FRISEAL.— Un cierre.

ASHLEY WHITE.— ¿Qué te gustaría?

ROBERT FRISEAL.— Que fuese una primera noche.

ASHLEY WHITE.— ¿De cuántas estamos hablando, Robert Friseal?

ROBERT FRISEAL.— Eso es algo que podemos acordar, Ashley Friseal.

Se abrazan y se besan mientras ruedan por la cama.

5. Ahora

Bar

Dan Sinclair y el Señor Friseal, sentados a una mesa con sendas copas de whisky, ya bastante borrachos. Fuman.

Señor Friseal.— Ayer era ayer y hoy es hoy.

Dan Sinclair.— ¿Cómo puedes estar tan seguro?

Señor Friseal.— Ayer cené en el Criterion. De eso estoy seguro.

Dan Sinclair.— Para ti es como una marcha militar, precisa e implacable.

Señor Friseal.— Creo que hemos bebido demasiado.

Dan Sinclair.— Como un fluir constante. Yo también lo siento así, Friseal. Todos lo sentimos. Como un río que nos lleva de un momento a otro. Pero ¿y si en realidad fuese como un bloque congelado donde nada fluye, donde no hay movimiento y todos los instantes son exactamente iguales, sin una propiedad específica que permita considerarlo el *ahora*? ¿Quizá donde todo ha ocurrido y está ocurriendo al mismo tiempo, sin que ningún momento especial pueda ser identificado como presente?

Señor Friseal.— *Ahora* estoy aquí sentado. *Ahora* cojo esta copa. Y *ahora*, porque quiero, bebo.

DAN SINCLAIR.— Tú tienes tu *ahora*. Yo tengo el mío. No es más que una ilusión.

SEÑOR FRISEAL.— ¿Es una ilusión que estoy aquí, en este momento, *ahora*?

DAN SINCLAIR.— Persistente, pero una ilusión. Un producto de la consciencia. Su único cobijo está en la mente humana. Una mente preparada para recordar lo que está en el pasado, olvidar lo que está en el futuro y hacernos sentir que estamos tú y yo, *ahora*, aquí, bebiendo y hablando.

SEÑOR FRISEAL.— Cuando nos sirvieron estas copas, los hielos estaban enteros. Cuando entramos aquí aún era de día. Cuando te conocí tenías pelo y no cargabas con esa barriga.

DAN SINCLAIR.— Lo estás viendo desde parámetros humanos.

SEÑOR FRISEAL.— Soy humano.

DAN SINCLAIR.— ¿Y si fuésemos más parecidos a los personajes de una película que sienten que cada decisión que toman la están eligiendo? Estamos tomando nuestras decisiones. Hablamos de esto, este es nuestro *ahora*. Pero... si alguien pusiera la película mil veces, mil veces volveríamos a tomar las mismas decisiones. Si pudiésemos percibirlo sentiríamos que nuestro *ahora* es cada *ahora*. El tiempo de nuestra película es una ilusión.

SEÑOR FRISEAL.— Hablas de una ficción. En la vida real...

DAN SINCLAIR.— ¡Real! Ya.

SEÑOR FRISEAL.— Dan...

DAN SINCLAIR.— Todo lo que ocurrió y ocurrirá en el universo ya está escrito.

SEÑOR FRISEAL.— Vale, digamos que esto ya pasó. Perfecto. Pero en algún momento tuvo que pasar... La secuencia en la que yo cojo la copa y bebo... pasó. En ese momento yo elegí que pasara. Como seres biológicos, nos movemos, tenemos nuestras funciones. Aunque no exista el tiempo. ¿Qué me quieres decir? ¿Que todo es y no es a la vez?

DAN SINCLAIR.— Exacto.

SEÑOR FRISEAL.— A la vez estoy naciendo y a la vez estoy muriendo... y a la vez estamos, digamos, en 1800.

DAN SINCLAIR.— ¿Por qué te extraña? *(Breve silencio)* Friseal, todo, en realidad, no es más que un gran pan de molde. Nuestros *ahoras* no son más que cortes imperfectos y distintos de ese maldito pan.

SEÑOR FRISEAL.— Pero si todo ha pasado ya, entonces ¿estoy muerto?

DAN SINCLAIR.— No lo estás entendiendo...

SEÑOR FRISEAL.— Explícamelo.

DAN SINCLAIR.— No existes, Friseal. No eres real.

Salón de los Friseal

La Señora Friseal, en la ventana. Un plato con unas tostadas en su mano.
Dan Sinclair, sentado a la mesa, cena en silencio.

Ático

El Señor Friseal, desde su ventana, como si hablase con ellos.

SEÑOR FRISEAL.— Últimamente vengo dándole vueltas a aquello y, si te digo la verdad, sigo sin entender qué narices querías decir. Pero una cosa sí te tengo que reconocer, amigo Dan: el tiempo es una cosa extraña. Muy extraña.

DAN SINCLAIR.— Mañana haré otra vez la ruta de los museos. Quiero volver a hablar con los conserjes. Tal vez se nos haya pasado algo.

El Señor Friseal coge los prismáticos

No perdemos nada por intentarlo.

SEÑOR FRISEAL.— No me has dado tiempo, Dan. Intentar qué... *(Silencio)* Anda, repítelo, hazme el favor.

SEÑORA FRISEAL.— Perdona, ¿decías algo?

SEÑOR FRISEAL.— Gracias, cariño.

DAN SINCLAIR.— Que no perdemos nada...

SEÑOR FRISEAL.— Articula un poco más, Dan, o no te leo.

DAN SINCLAIR.— Por volver a intentarlo, me refiero.

SEÑOR FRISEAL.— Eso ya lo has dicho...

SEÑORA FRISEAL.— ¿El qué?

DAN SINCLAIR.— La ruta de los museos.

SEÑOR FRISEAL.— ¡No me digas que sigues con esa matraca!

DAN SINCLAIR.— Te decía que mañana la volveré a hacer.

SEÑOR FRISEAL.— Sabes que no valdrá para nada.

SEÑORA FRISEAL.— Ah, bien... Sí...

SEÑOR FRISEAL.— No le estás haciendo ni caso, ¿verdad?

SEÑORA FRISEAL.— No se pierde nada...

SEÑOR FRISEAL.— Y él lo sabe...

DAN SINCLAIR.— Sí, eso pienso...

Silencio breve.

SEÑOR FRISEAL.— Todo esto... Os aseguro que tampoco es fácil para mí. Me mata veros así. Intento imaginar cómo sería estar en vuestro lugar. Ser yo el que tuviese que afrontar este duelo extraño. Tal vez haría lo mismo que tú, Dan. La ruta de los museos una y otra vez, para no dejarme atrapar por esa ventana.

Las campanas dan las nueve. El Señor Friseal escucha los toques hasta el final.

O quién sabe, tal vez ya hubiese corrido la cortina.

La Señora Friseal enciende la luz del porche.

Quién sabe...

La Señora Friseal abandona la ventana y se dirige a la mesa. Se sienta frente a Dan. Cenan. Silencio.

SEÑORA FRISEAL.— Dan... *(Dan aparta la mirada del plato)* Hablemos de una vez de cómo son las cosas...

SEÑOR FRISEAL.— ¿Las cosas?

SEÑORA FRISEAL.— De cómo son en realidad.

SEÑOR FRISEAL.— Las cosas... Interesante...

DAN SINCLAIR.— No te entiendo.

SEÑOR FRISEAL.— Deja que se explique.

SEÑORA FRISEAL.— Vamos, Dan... No creo que no lo hayas pensado.

DAN SINCLAIR.— ¿A qué te refieres?

SEÑOR FRISEAL.— Sí, cariño, ¿a qué te refieres?

SEÑORA FRISEAL.— A que tal vez... a Friseal, ya sabes, en realidad... Quizá no le haya pasado nada.

SEÑOR FRISEAL.— Bueno, en algún momento teníais que poner el tema sobre la mesa. Es un poco extraño que lo hayáis evitado tanto.

SEÑORA FRISEAL.— Tal vez, simplemente, se ha cansado de todo esto. *(Dan devuelve la mirada al plato)* Así que... ya está. Ya está bien, Dan. Déjalo estar.

La Señora Friseal devuelve también la mirada al plato. Siguen comiendo.

SEÑOR FRISEAL.— ¿Cansarme de todo? ¿De ti? No es justo que creas eso, cariño. No es justo. Es algo un poco más complejo.

Los tres comen en silencio.

DAN SINCLAIR.— *(Sin levantar la mirada del plato)* ¿Tú también vas a dejar de esperarlo?

La Señora Friseal no contesta. Silencio.

SEÑOR FRISEAL.— Ya... *(Pausa)* Sabes, amigo Dan, aquella vez te equivocaste en una cosa. Soy real... y existo. La cuestión es: ¿por cuánto tiempo?

6. El faro

Ático

El Señor Friseal frente a la ventana. Las campanas dan las nueve.
La luz del porche de los Friseal se enciende... Se apaga... Oscuro.

Narrador.— Y la luz se sigue encendiendo para Friseal cada noche a la misma hora.

Se enciende... Se apaga... Oscuro. Se enciende... Se apaga... Oscuro.
Se enciende... Se apaga...

Pero una noche no lo hace.

Oscuro.

Para sorpresa de Friseal, no se enciende.

Oscuro.

Y empieza, a partir de entonces, a ser caprichosa...

Se enciende... Se apaga... Oscuro. Se enciende... Se apaga... Oscuro.
Se enciende... Se apaga... Oscuro.

... cada vez más...

Oscuro. Se enciende... Se apaga... Se enciende...

... cada vez menos...

Se apaga... Oscuro. Se enciende...

... cada vez más tiempo desierta la casa...

Se apaga...

... hasta que una noche, simplemente, el faro deja de iluminar el porche de los Friseal.

Oscuro.

Y no lo hace ya más.

7. "CAEROSTRIS DARWINI"

Ático. Oscuridad total

SEÑOR FRISEAL.— *(Off)* Su nombre es *Caerostris darwini* y es oriunda de Madagascar. Teje una red de dos con ocho metros cuadrados, con unos anclajes situados a una distancia de veinticinco metros. Fabrica el material más resistente de nuestro planeta. Quinientos veinte megajulios. Cincuenta veces más fuerte que el acero. Y mucho más ligero. Si rodease el ecuador de la Tierra, su peso no llegaría a los cuatrocientos gramos. Apenas como unas cuantas lonchas de mortadela.

8. El cuaderno

Salón de los Friseal. La luz de la noche entra por el ventanal

La agenda de Dan reposa sobre la mesa del comedor.

DAN SINCLAIR.— *(Off)* ¿Qué te falta?

SEÑORA FRISEAL.— *(Off)* Nada. Ya estoy.

DAN SINCLAIR.— *(Off)* Pues vamos.

SEÑORA FRISEAL.— *(Off)* Espera... ¿Dónde he dejado el bolso?

DAN SINCLAIR.— *(Off)* Ashley, tenemos la reserva a las nueve en punto.

SEÑORA FRISEAL.— *(Off)* ¡Aquí está!

DAN SINCLAIR.— *(Off)* Vamos.

> *La puerta de entrada se cierra tras ellos.*
> *Silencio largo.*
> *Sonido de llaves en la cerradura. El Señor Friseal entra en el salón en penumbra. Durante unos instantes recorre la estancia con la mirada. Tras ello, pausadamente, se acerca a la agenda, la coge y se dirige al sillón. Su sillón. Se sienta. Nota el tacto del recuerdo. Pausa. Abre la agenda.*

SEÑOR FRISEAL.— "4 de septiembre. Reserva en The Rules. A las 21:00 horas". ¿The Rules? ¿Acaso estáis celebrando algo? Entiendo que pediréis las perdices añejadas..., aunque yo no descartaría el pastel de riñones. Lo acompañáis de una sopita de cebolla y os queda un menú estupendo. Pero vamos..., los que vais a cenar sois vosotros. *(Breve silencio)* Veamos qué habéis hecho durante todo este tiempo.

Busca la página en la que se inicia el itinerario.

"27 de marzo. Reserva para dos en Sweeting. 20:30 horas. Lenguado, salmón, langosta y ostras". ¡Atiza! ¡Empezamos fuerte!

Se acomoda para seguir leyendo.

NARRADOR.— Friseal lee la agenda como si fuese una novela. Se imagina cada uno de los espacios en los que han estado, cada una de las cosas que fueron a ver, las personas con las que se citaron y los platos que pidieron. Reproduce con detalle los recorridos, visualizando cómo el día a día ha ido dando forma a la unión entre ambos. Línea a línea, va entendiendo por qué la casa está cada vez más tiempo vacía... por qué la luz del porche ha dejado de encenderse. *(Continúa pasando las páginas)* Dentro de un rato, cuando llegue al día de la fecha, ayudado por el abrazo del sillón, su sillón, y el silencio de la noche, Friseal se quedará plácidamente dormido.

La luz de la noche se extingue hasta dejar el salón en total oscuridad.

9. GRILLOS

Salón de los Friseal. Estancia en penumbra

Ruido de llaves en la puerta principal. Las risas de Dan Sinclair y la Señora Friseal rompen el silencio de la noche.

SEÑORA FRISEAL.— *(Off)* Voy un momento al baño. Ve poniendo un par de copas.

DAN SINCLAIR.— *(Off)* A sus órdenes...

Sonido de pasos aproximándose al salón. La luz se enciende. Dan entra y abre el mueble bar.

¿Tinto o blanco?

SEÑORA FRISEAL.— *(Off)* ¡Whisky!

Dan saca la botella y sirve dos copas. La Señora Friseal entra en el salón y pone música. Dan le entrega una de las copas.

Por un día maravilloso.

DAN SINCLAIR.— Por muchos más.

Brindan. Dejan las copas sobre la mesa y bailan. La temperatura sube entre ellos. La Señora Friseal desabrocha la camisa de Dan. Dan desabrocha la de ella. Sus cuerpos se unen y se dejan caer en el sofá...
El Señor Friseal los observa desde la ventana de su ático.

La Señora Friseal se sienta sobre Dan Sinlclair. Hacen el amor.
Tras unos instantes, el Señor Friseal coge el teléfono y marca.
Suena el teléfono en casa de los Friseal.

No lo cojas.

Sigue sonando.

Olvídalo...

Sigue sonando.

SEÑORA FRISEAL.— Dame un momento.

DAN SINCLAIR.— ¡Ash!

Ahsley coge el teléfono.

SEÑORA FRISEAL.— Diga... Diga...

Se escucha el canto de los grillos.

10. El muro

Ático

El Señor Friseal frente a la ventana.

SEÑOR FRISEAL.— Día uno tras "su ruptura". El teléfono suena a las 10:17, Ash se acerca y se detiene frente al aparato, pero finalmente no lo coge. Vuelve a sonar a las 16:02 y a las 21:34. (...) Al día siguiente lo hace a las 11:40 y nuevamente a las 13:05 y a las 18:31. (...) A las 13:50 del tercer día suena el timbre. Dan espera en la puerta de entrada. Vuelve a llamar. Lo intenta de nuevo, espera en vano y abandona. Percibo un ligero movimiento en la cortina del dormitorio. (...) Hoy ha amanecido con el cielo cubierto de nubes. Son las 16:35 y Ash lleva las últimas dos horas varada frente a la ventana. El teléfono suena. Ella ni se inmuta. Da un sorbo a la taza de té. Parece que comienza a llover. (...) Domingo tranquilo y soleado. He tenido una noche horrible y estoy muy embotado. Me apetece salir a tomar el aire. Voy a dar un paseo por el mercado. Sea lo que sea que pase hoy, creo que me lo voy a perder. Vuelvo a las 19:01. Ni rastro de Ash. (...) Hoy se ha levantado especialmente temprano y lleva toda la mañana muy nerviosa. ¿Qué pasaría ayer? No se ha sentado prácticamente en ningún momento. Son las 11:59 y el teléfono suena mientras desayuna en la encimera. El té se derrama. Deja sonar el teléfono mientras limpia. A las 12:38, Dan llama a la puerta. Vuelve a hacerlo una y otra y otra vez. Llama cuanto quieras, Ash ha salido. (...) Noche cerrada. Llueve a cántaros. Parece que Dan ha decidido volver. Avanza por la calle zigzagueando. Son las 22:17 cuando... intenta llamar al timbre... Vuelve a intentarlo..., lo intenta de nuevo y... ¡Menuda moña! *(...)* Son las... las... No sé qué hora es. Ashley llora sentada en el sofá. Por favor, que no suene el teléfono. Déjala respirar un poco, Dan. No llames... no llames hoy. *(...)* Me explota la cabeza de la resaca. Me tomaría algo para el dolor si lo tuviese. No sé cuánto llevo sentado aquí viendo a Ashley otra vez en el sofá. Otra vez llorando. Parece que el tiempo se haya detenido con esta imagen. El teléfono suena. Ashley intenta contenerse. La señal de llamada se alarga más que las veces anteriores. Ash se acerca al teléfono... Parece que lo va a coger, pero... No puedo creerlo. Ha desconectado el cable. Al hacerlo se quiebra. No puedo creerlo. Voy a ponerme una copa. *(...)* Hoy el día cierra sin noticias de Dan. *(...)* Otro día sin noticias de Dan. *(...)* Y un día más que termina sin noticias de Dan. *(...)* Sin noticias de Dan. *(...)* Sin noticias de Dan. *(...)* Sin noticias de Dan. *(...)* Hoy Ashley no ha salido del dormitorio en todo el día. ¿Estará bien? ¡Suena el timbre! ¡Dan!... Ella se asoma al pasillo. Dan llama nuevamente... Ash avanza hasta la puerta... y se para frente a ella. Abre la puerta, Ash. Dan, llama otra vez. Por favor, abre la puerta. Llama una vez más. ¡Ash, abre esa maldita puerta!

La Señora Friseal enciende la luz del porche.

NARRADOR.— Después de tanto tiempo... la luz del porche había vuelto a encenderse. Desde sus respectivas ventanas, ambos siguieron los pasos de Dan calle abajo hasta verlo desaparecer. Fue la última ocasión en que los Friseal vieron a Dan Sinclair.

Breve silencio.

SEÑOR FRISEAL.— Pues aquí estamos, Ash. Tú y yo. Otra vez solos.

EPÍLOGO: EL SUEÑO

Ático del Señor Friseal. Noche

El Señor Friseal frente a la ventana. A su lado, la Señora Friseal.
El grillo canta en su jaula.

SEÑOR FRISEAL.— ¿Cuántos dices?

SEÑORA FRISEAL.— Doscientos trece.

SEÑOR FRISEAL.— Según tus cálculos...

SEÑORA FRISEAL.— En este tiempo, sí.

SEÑOR FRISEAL.— Doscientos trece mosquitos han vivido sus vidas desde su nacimiento hasta su muerte.

SEÑORA FRISEAL.— En el mejor de los casos, por viejos.

Breve silencio.

SEÑOR FRISEAL.— Traducido a la vida humana, eso son... diecisiete mil cuarenta y cuatro años.

SEÑORA FRISEAL.— Nada menos...

SEÑOR FRISEAL.— Que pensados en moscas significa que doscientas veintidós mil y media lo han hecho.

SEÑORA FRISEAL.— ¿Y si esas moscas fuesen hombres?

SEÑOR FRISEAL.— Entonces, hace diecisiete millones setecientos setenta mil doscientos ochenta y cinco años que el primero de ellos habría nacido.

SEÑORA FRISEAL.— Trece millones de años antes de los primeros Australopithecus.

SEÑOR FRISEAL.— ¿Tanto tiempo llevamos frente a las ventanas?

SEÑORA FRISEAL.— Eso parece...

SEÑOR FRISEAL.— Vaya... *(Largo silencio)* Sabes, en este tiempo te he imaginado muchas veces.

SEÑORA FRISEAL.— También yo.

SEÑOR FRISEAL.— He imaginado miles de posibles vidas para ti.

SEÑORA FRISEAL.— Yo para ti... más muertes que vidas.

SEÑOR FRISEAL.— Es comprensible. *(Breve silencio)* ¿Te puedo confesar algo?

SEÑORA FRISEAL.— Claro.

SEÑOR FRISEAL.— A veces pienso en todo esto... en cómo empezó y en el tiempo que ha pasado, y me pregunto si no era yo el insecto sin saberlo... atrapado desde el principio en este ventanal tejido por una *Caerostris darwini*. Condenado a mirar eternamente la vida de otros sin moverme. Condenado a envidiar día tras día a la hidra, encerrado en esta cárcel de una sola vida...

SEÑORA FRISEAL.— Me duele escucharte, Friseal. Lo siento, de veras.

SEÑOR FRISEAL.— Ash, ¿cómo hemos llegado hasta aquí? A esto...

SEÑORA FRISEAL.— Te fuiste. Así de simple.

SEÑOR FRISEAL.— Era para una semana. Solo iba a durar una semana.

SEÑORA FRISEAL.— El tiempo es una cosa extraña.

SEÑOR FRISEAL.— Estoy tan cansado, Ash... Tan cansado... Tanto... *(El grillo canta. El Señor Friseal cambia de interlocutor)* ¿Y tú? ¿Tú por qué no mueres? ¿Qué maldito pacto has hecho para que el final no llegue para ti? ¿Qué especie de abominación eres? ¿Por qué demonios sigues aquí compartiendo esta cárcel conmigo? *(El grillo canta)* ¿Acaso no sabes cantar otra cosa? ¿Algo diferente, por favor? *(El grillo sigue)* Hay estudios que dicen que cada uno tenéis una voz diferente. Que todos cantáis una melodía distinta. Pues te voy a decir una cosa... Yo he enterrado a tus padres, y a tus abuelos, y a los abuelos de los abuelos de tus abuelos... Debajo de esa ventana está el cementerio de toda tu estirpe... Yo los conocí a todos... y todos, absolutamente todos, cantáis la misma canción noche tras noche tras noche... Exactamente la misma. Estoy tan cansado. Tú también lo estás, ¿verdad? Cansado de cantar la misma melodía noche tras noche tras noche... Cansado de cantarla siempre para mí, ¿verdad? No te lo reprocho. Estás en tu derecho... Anda, márchate. *(Abre la jaula)* Márchate. Márchate bien lejos. *(Pausa)* ¿Ash? ¿Ash? ¿Dónde estás, Ash? *(Ve a Dan Sinclair)* Dan... ¿Qué haces aquí?

DAN SINCLAIR.— Te diría que he venido a tomar un vino contigo, pero en realidad no estoy aquí.

SEÑOR FRISEAL.— ¿Has visto a Ashley?

DAN SINCLAIR.— No se ha movido del lugar en el que la dejaste.

La Señora Friseal, frente a la ventana.

SEÑOR FRISEAL.— ¡Ash! Pensé que te habías ido... ¿Qué haces?

SEÑORA FRISEAL.— Recuerdo la última noche que nos vimos.

SEÑOR FRISEAL.— La última noche... Qué raro, es como si se hubiese borrado de mi memoria...

SEÑORA FRISEAL.— En mi recuerdo suena una hermosa melodía...

SEÑOR FRISEAL.— ¿Estás segura?

Dan pone música.

SEÑORA FRISEAL.— Tú y yo bailamos. *(El Señor Friseal y la Señora Friseal bailan)* Entonces tú miras el reloj y te paras. Coges la maleta y el abrigo... y vas hacia la puerta. Yo te acompaño y nos detenemos junto a ella, mirándonos a los ojos en silencio durante mucho más que un instante, intuyendo que este adiós puede ser para siempre. Pero en este momento, mientras te recuerdo, algo me saca de este lugar. El canto de un grillo. Un grillo dentro de casa. Ningún grillo ha vuelto a cantar aquí desde que te fuiste.

SEÑOR FRISEAL.— El grillo... No puede ser... No puede ser él...

DAN SINCLAIR.— ¿Por qué no?

SEÑOR FRISEAL.— No puede haber llegado desde aquí. No en tan poco tiempo.

DAN SINCLAIR.— ¿Estás seguro?

SEÑOR FRISEAL.— Acabo de soltarlo ahora mismo.

DAN SINCLAIR.— Otra vez a vueltas con tus *ahoras*...

SEÑORA FRISEAL.— Lo busco. *(La Señora Friseal busca por el salón)* Lo oigo cantar, como si lo hiciese en mi propio oído, pero parece invisible a mis ojos. Voy a la cocina. Lo busco en estanterías, cajones, suelo y techo, miro en la basura y hasta en la nevera. Nada. El grillo sigue cantando. Voy a la habitación y revuelvo los armarios, arranco los cajones de la cómoda, levanto el colchón, pongo el somier del revés y desnudo el suelo de toda alfombra. Nada. Corro al cuarto de baño, enciendo todas las luces, arraso con los frascos sin dejar ninguno vivo, tiro a manotazos todo lo que esconden los estantes, vacío la papelera y esparzo todo en el suelo. Abro la taza del váter y tiro de la cadena. Grito. Nada. Corro hacia el sótano.

SEÑOR FRISEAL.— No ha podido llegar al sótano. No ha podido llegar, Dan...

SEÑORA FRISEAL.— Abro la puerta y empiezo a bajar las escaleras cuando, de pronto, el canto se detiene. Como si hubiese estado llamándome y se diese ya por satisfecho. Lentamente sigo bajando las escaleras y entonces lo veo. En la jaula, en la jaula abandonada, un grillo.

SEÑOR FRISEAL.— Imposible...

DAN SINCLAIR.— ¿Ahora lo crees?

SEÑORA FRISEAL.— Está en el suelo de la jaula. Parece moribundo. Tiene un ala cortada y su única pata tiembla en ligeros espasmos.

SEÑOR FRISEAL.— ¿Qué le ha pasado?

DAN SINCLAIR.— El último viaje nunca es fácil para un anciano, Friseal.

SEÑORA FRISEAL.— Me acerco y entonces veo que el grillo me mira. Como si quisiese, tal vez, despedirse de mí antes de marchar. Nos miramos. Y parece que ambos nos reconocemos en esa mirada. Y en esa mirada que es casi un abrazo, nos decimos adiós. Veo en sus ojos algo semejante a un atisbo de felicidad, cuando, de pronto, su cuerpo se tensa y todo termina. En la felicidad de su jaula, todo termina para él. Y allí parada, viendo aquel cadáver al abrigo de su casa, vuelvo a nuestra despedida. Ambos en la puerta, mirándonos a los ojos fijamente.

El Señor Friseal, emocionado. La Señora Friseal se acerca a él. Ambos, nuevamente junto a la puerta.

Entonces, tú me pones el abrigo. Luego me abrochas un par de botones y me preguntas...

SEÑOR FRISEAL.— ¿Lo llevas todo?

SEÑORA FRISEAL.— Yo asiento y sonrío.

SEÑOR FRISEAL.— ¿Seguro?

SEÑORA FRISEAL.— "Creo", contesto. Tú me entregas la maleta y se hace una breve pausa. *(Breve pausa)* Que tú rompes.

SEÑOR FRISEAL.— ¿Cuánto tiempo dices que vas a estar fuera?

SEÑORA FRISEAL.— "No te alarmes si tardo tres o cuatro días en volver". Tú asientes y abres la puerta. *(El Señor Friseal abre la puerta)* "En cualquier caso, cuenta conmigo para la cena el viernes por la noche". Nos miramos un instante y nos damos un beso. Un beso que ambos, en el fondo, sabemos que es de despedida.

Se besan. La Señora Friseal sale. El Señor Friseal cierra la puerta. Silencio sostenido.

SEÑOR FRISEAL.— Dan...

DAN SINCLAIR.— Dime, Friseal.

SEÑOR FRISEAL.— ¿Se ha ido?

DAN SINCLAIR.— Hace ya mucho.

SEÑOR FRISEAL.— ¿Cuánto hace?

DAN SINCLAIR.— Casi tanto como yo.

Silencio.

SEÑOR FRISEAL.— ¿Y ahora?

DAN SINCLAIR.— Ahora...

SEÑOR FRISEAL.— Sí... Ahora...

DAN SINCLAIR.— Hace ya muchos *ahoras* que el sol se ha extinguido, que las estrellas vagan a oscuras en el espacio eterno y que la Tierra oscila ciega sin la Luna. Hace ya muchos *ahoras* que las olas están muertas, las mareas en sus tumbas y los vientos se marchitan en un aire paralizado. Hace ya mucho, Friseal, que las tinieblas son el universo y ya nada queda. Nada. Excepto una cosa. Ya solo una cosa envuelve ahora la nada: el canto silencioso de los grillos tullidos.

NARRADOR.— Y todo se hace negro...

Colección de Teatro

Teatroautor

187. **Bangkok**
Antonio Morcillo López

188. **II Laboratorio de Escritura Teatral**
Jordi Casanovas
Alberto Conejero
Irma Correa
Denise Despeyroux
Antonio Rojano
Margarita Sánchez

189. **Usted también podrá disfrutar de ella**
Ana Diosdado

190. **Caídos del cielo**
Magia Café
Paloma Pedrero

191. **Drone**
Fernando Epelde

192. **III Laboratorio de Escritura Teatral**
Paco Bezerra
Zo Brinviyer
Arturo Echavarren
Fernando Epelde
Iñigo Guardamino
Alberto Ramos

193. **Las canciones que les cantaban a los niños**
Raúl Dans

194. **IV Laboratorio de Escritura Teatral**
José Luis de Blas Correa
Lola Blasco
Carlos Contreras Elvira
Sergio Martínez Vila
Esteve Soler
Minke Wang Tang

195. **Campo de noche y niebla**
Pedro Martín Cedillo

196. **V Laboratorio de Escritura Teatral**
Manuel Benito
Beatrice Bergamín
Marcos Gisbert
Lucía Miranda
María San Miguel
Claudia Tobo

197. **Raclette**
(ed. bilingüe castellano / gallego)
Santiago Cortegoso

198. **Solo son mujeres / Només són dones**
(ed. bilingüe castellano / catalán)
Carmen Domingo

199. **El milagro español**
Pablo Remón
Roberto Martín Maiztegui

200. **VI Laboratorio de Escritura Teatral**
QY Bazo
Paco Gámez
Aizpea Goenaga
Javier Hernando Herráez
Eva Redondo
Elena María Sánchez

201. **Un tercer lugar**
Denise Despeyroux

202. **Emilia**
Noelia Adánez
Anna R. Costa

203. **VII Laboratorio de Escritura Teatral**
Carolina África
Denise Duncan
Mar Gómez Glez
Nieves Rodríguez Rodríguez
Carmen Soler
Victoria Szpunberg

204. **La Tarara**
Josi Alvarado

205. **Dinamarca**
Josep Lluís y Rodolf Sirera

206. **VIII Laboratorio de Escritura Teatral**
Juli Disla
Diana I. Luque
Sílvia Navarro Perramon
Juanma Romero Gárriz
Laura Rubio Galletero
María Velasco

207. **Sandra**
(ed. bilingüe castellano / catalán)
Daniela Feixas

208. **Aquí duermen ciervos**
Nieves Rodríguez Rodríguez

209. **Bonobo**
Josep Julien

Teatro infantil y juvenil (Fundación SGAE /Anaya)

El último curso
Luis Matilla

Blanco (el libro que nació sin tinta)
Ángel Solo

La comedia Borja
Ignasi Moreno

Lejos
Magda Labarda

Víctor Osama
Francesc Adrià

Las piernas de Amaidú
Luis Matilla

De aventuras
Gracia Morales

Lumen, el guerrero de la luz
Mariano Lloret

Los chicos del barracón n.º 2
Luis Matilla

Un monstruo en mi país
Rodrigo Muñoz Avia

La vida de los salmones
Itziar Pascual

Nana en el tejado
Paco Gámez

Lo que vuelve a casa (y otros árboles)
Nieves Rodríguez Rodríguez

Astrolabio
Paco Romeu

Necesito una flor
Rocio Bello
Javier Hernando Herráez

La increíble historia de la caca mutante
Antonio Álamo

Un no monstruo que no vuela
Sara Pinet

Mambrú volvió de la guerra
Carlos Labraña

Naunet y el mar
Miguel Rojo

De gigantes y guisantes
Sebastián Moreno

Premios Leopoldo Alas Mínguez

De hombre a hombre
Mariano Moro Lorente

Levante
Carmen Losa

La playa de los perros destrozados
Nacho de Diego

Cliff (Acantilado)
Alberto Conejero

Beca y Eva dicen que se quieren
Juan Luis Mira Candel

El año que mi corazón se rompió
Iñigo Guardamino

Eudy
Itziar Pascual

La tarde muerta
Alberto de Casso

Alimento para mastines
Javier Sahuquillo

El océano contra las rocas
Sergio Martínez Vila

El suelo que sostiene a Hande
Paco Gámez

Eloy y el Mañana
Iñigo Guardamino

La armonía de las esferas
Marcos Gisbert

Afuera están los perros
Francisco Javier Suárez Lema

Una canción italiana
Javier de Dios

Vagos y maleantes
Juan Carlos Mestre
Celia Morán

El dulce lamentar de dos pastores
(égloga trashumante)
Sergio Adillo

La generosidad
Xavier Puchades

Teatro homenaje

Hermógenes Sainz
Historia de los Arraiz

Antonio Buero Vallejo
Las trampas del azar

José López Rubio
La otra orilla

Lauro Olmo
Pablo Iglesias

Fernando Fernán-Gómez
Los invasores del palacio

Adolfo Marsillach
Extraño anuncio

Antonio Gala
El caracol en el espejo

Enrique Fuster del Alcázar
El mercader de ilusiones. La historia de Gregorio Martínez Sierra y Catalina Bárcena

José María Rodríguez Méndez
El pájaro solitario

Biografías / Memorias

Desde el escenario. Reflexiones y recuerdos
Jaime Salom

Francisco Nieva. Artista contemporáneo
VV. AA.

Gerardo Vera. Reinventar la realidad
Jorge Gorostiza

M.ª Teresa León. Memoria de la hermosura
Olga Álvarez (Coord.)

Antologías

Salvador Távora y la Cuadra de Sevilla Tres décadas de creación teatral
Salvador Távora

Manuales / Guías

Manual de producción, gestión y distribución del teatro
(4.ª ed. totalmente revisada por el autor)
Jesús F. Cimarro

Dramaturgia española de hoy
Fermín Cabal

Mujeres creadoras

Nuria Espert
Juan Cruz

Pequeñoautor

Esto no es lo mío
María Vassart. Ils.: Noemí Villamuza

El misterio de la ópera
Norma Sturniolo. Ils.: Fernando Vicente

El niño que voló detrás de un escenario
Yolanda García Serrano. Ils.: Irene Becker

El mundo de Ariel
Marga Platel-Mateu Estarellas. Ils.: Mateu Estarellas

Esta publicación ha sido realizada íntegramente en papel ecológico libre de cloro